L’objet de votre Amour

Les Éditions Slatkine bénéficient d'un soutien de
l'Office fédéral de la culture pour les années 2021-2025.

Éditions Slatkine, 4, place du Bourg-de-Four, CH-1201 Genève
www.slatkine.com, slatkine@slatkine.com

ISBN 978-2-8321-1391-2

L'objet de votre Amour

Photos et textes

Pascale Rocard

Éditions Slatkine
GENÈVE
2025

Quel objet totem, choisiriez-vous
pour représenter votre couple ?

Peut-on lire l'amour dans le regard d'un couple et dans l'objet qui le représente ? Ma nouvelle création photographique tente de répondre à cette question.
Dans un monde où les individus se réunissent en microcommunautés, le vivre-ensemble devient un défi pour nos sociétés. Ce projet à vocation universelle représente un condensé d'humanité heureuse dans sa diversité.

L'objet de votre Amour met leur amour en images : des couples d'ici et d'ailleurs, avec des différences d'âge, de culture et de couleur.

Chaque couple choisit un objet : reflet de leur relation, de leur rencontre ou de leurs désirs communs. Ce choix, apparemment anodin, semble pourtant révélateur ! Un seul objet pour deux êtres : ce totem, sans tabou. Ce n'est pas simple, car cela touche profondément à l'intime.

Dans une confiance mutuelle, je questionne leur couple.
Par ce symbole personnel, ils vont nous dévoiler leur histoire.
Un temps de réflexion, puis l'alchimie opère et donne le ton à la photo : l'humour, la complicité, l'autodérision ou l'émotion. Ma vision photographique devient alors le miroir de leur intimité, le réflecteur de leur amour.

Grâce au prisme de mon écriture, je transcris la variété de leur destinée par un texte court qui accompagne chaque photo. Le format et la lumière sont les mêmes pour tous.

Jean Cocteau nous dit : « Les miroirs feraient bien de réfléchir avant de renvoyer les images. » Quand on découvre ces photos et qu'on lit ces histoires, il y a un effet miroir. Une notion de vérité du sentiment amoureux s'offre à celui qui les regarde.
Le couple étant une entité complexe et universelle, ces images interpellent chacun et chacune, quels que soient l'âge ou la culture, et nous offrent à réfléchir sur « l'objet de l'amour ». Cet alliage de photos et de textes invite à partager la saveur de l'amour, insuffler du bonheur et « allumer les feux » !

En tant qu'artiste, j'explore les différents médias pour m'interroger ainsi que le monde.
Si je vous demandais : « Et vous, quel objet choisiriez-vous pour représenter votre couple ? », que me diriez-vous ?

De la caméra au thé, il n'y avait qu'un pas

Pierre-Antoine, le cinéaste guide et montagnard, et moi, la citadine parisienne actrice. Lui, le discret plein d'humour ; moi, l'exubérante émotionnelle : l'attirance des contraires. Alors mariant les extrêmes, de la caméra au thé, il n'y avait qu'un pas ou plutôt qu'une tasse riche de nos valeurs communes et l'envie folle de vivre nos rêves.

La théière nous a unis. Nous étions des buveurs de thé l'un et l'autre.
C'était rare autrefois pour un homme de boire ce breuvage.

« *Aman iman* : l'eau c'est la vie », disent les Touaregs. Cette théière bleue de thé à la menthe nous guida avec nos enfants du val de Bagnes jusqu'au désert.

Puisse cette théière, posée sur les braises, réunir nos amis autour du feu dans notre chalet.

Pascale Rocard
Pierre-Antoine Hiroz

CASA
BLANCA
LYON

Cet oursin nommé Violette

Une joie de vivre incroyable rayonne sur le visage de Swann.
Ce sourire flamboyant plut immédiatement à Margaux, au regard bleu pétillant de malice.

Médecin urgentiste pour Elle, cuisinier pour Lui, ils ont l'appétit féroce des voyages et de la dolce vita.

En décidant de parcourir l'Europe avec une voiture et leur tente sur le toit, ils firent le choix de vivre ensemble dans cet espace minuscule afin d'éprouver leur amour naissant.

Leur amour prouva qu'il était aussi fort que leur objet totem, l'oursin nommé Violette, posé sur la plage avant de la voiture le temps du voyage. L'un et l'autre avaient envie de prendre soin de ce petit coquillage, fragile en apparence, mais résistant aux secousses de leur périple.

De la Guadeloupe à Marseille, de l'Europe à l'Australie, ils s'épanouissent, attentifs à consolider leur amour.

Puissions-nous les accueillir encore entre deux périples et déguster ensemble les oursins !

Margaux Dailland
Swann Hatchi

Ce Leica et son déclic si particulier

Le couple de l'image :
Anne-Françoise, l'image suspendue.
Bruno, l'image en mouvement.

Ces deux artistes photographes et cinéastes, à leur tour pris sur le vif !
Anne-Françoise possédait cet appareil photo, offert par son père, qui avait tant immortalisé en noir et blanc notre enfance de petites filles.
Bruno, magicien de l'image entre cinéma et photographie, rêvait de ce fameux Leica M3.

Ils le trouvèrent en un clic clac.
Ce Leica et son déclic si particulier, qu'ils tiennent comme un enfant délicat, « officialisa notre histoire telle une bague de fiançailles », dit Bruno.

Leurs deux vies s'imprimèrent en argentique et puis en numérique.
Anne-Françoise photographie toujours les acteurs et les actrices des films de Bruno.
Ainsi la vie se mêle à la fiction et la fiction embellit leur vie.

Puissions-nous éternellement imprimer notre amitié indélébile de la petite enfance jusqu'à notre dernier souffle.

Anne-Françoise Brillot
Bruno Podalydès

Un nid de douceur sous cette couverture rouge

«Je ne serai jamais amoureuse d'un musicien ! » s'était promis Fanny.
Mais les mystères de l'amour ne vibrent pas forcément avec la raison.
Le plaisir de jouer ensemble les avait réunis.
Une autre partition musicale allait atteindre leur cœur.

Fanny, la pianiste si vive, détestant traîner au lit, se hâtait d'en sortir pour ne pas rater une seconde de la vie et courir d'un concert à l'autre.
Anthony, entre deux récitals de violon, savourait le temps des petits matins, enveloppé dans la chaleur des couettes et des plaids de couleur.

Alors, il lui offrit un nid de douceur sous cette couverture rouge, protégeant leur couple dans la magie d'un espace-temps bien à eux.
Afin d'y puiser l'inspiration et l'énergie pour mieux s'harmoniser avec la musique du monde.

Fanny prit goût à ce cocon : savourer le temps de l'immobile sous leur plaid et en découvrir ses bienfaits.

Puissions-nous aussi écouter leurs concerts à l'infini sous notre couette en arrêtant le temps.

Fanny Monnet
Anthony Fournier

Quand les footballeurs s'agitent autour d'un ballon

La magie de l'amour rassemble parfois mieux les cultures, les caractères et les religions.

Raymond, le paysagiste suisse protestant aux yeux d'acier.
Ce râleur sensible qui s'émeut toujours de la beauté du monde.
Boualem, cet agriculteur algérien musulman, d'une patience tranquille qui trouve toujours à apaiser Raymond, son sportif insatiable.

On pourrait les imaginer en train de courir sur un terrain de foot au Brésil, mais non c'est de regarder les matchs ensemble qui les unit.
Pourtant Raymond a initié Boualem au ski de randonnée, et celui-ci l'a emmené découvrir l'Algérie.

Lorsqu'ils sont assis sur leur canapé, à regarder les footballeurs s'agiter autour d'un ballon, leurs différences s'évanouissent.

Loin de nous, cette passion du football, c'est notre amitié sans faille, bien enracinée dans nos baskets qui nous unit.

Puissions-nous continuer à les croiser en haut d'un col de montagne pour s'émouvoir ensemble d'un coucher de soleil.

Boualem Senouci
Raymond Bourgoz

Ce cœur de Baccarat

L'enthousiaste Alexandre pressent que Donna est la femme de sa vie.
Bien qu'il dirige la plus belle salle de cinéma au monde, Le Grand Rex à Paris, il ne joue pas et ne fait pas de cinéma !
Il ose une conduite cristalline et va droit au but en lui dévoilant sa flamme.

Ces valeurs romantiques séduisent la mystérieuse Donna, mais l'élégante jeune femme est surprise par cette déclaration fulgurante.
« Les contes de fées n'existent pas », pense-t-elle.

Cependant, pour leur anniversaire de rencontre un an plus tard, elle lui offre ce cœur de Baccarat, miroir de leur communication transparente et de la solidité de leurs sentiments.
Afin que l'alchimie soit parfaite, ces quatre mots gravés dans le cristal :
« Toi et Moi *for Ever.* »
« On se dispute, mais toujours on en discute ! » dit-il en éclatant de rire.
Ils sont désormais les maîtres-verriers de leur histoire.

Puissions-nous partager encore et en chœur notre passion du cinéma.

Donna Hellmann
Alexandre Hellmann

Ce double tambour les guide

Ces tambours, qui les unissent, sonnent comme les battements de leurs cœurs. Ensemble, chacun le fait chanter à sa manière. La musique et leurs récits de voyage les avaient unis au début de leur histoire.

Et maintenant ces tambours les guident vers leurs voyages intérieurs.

Ils font le lien avec la nature alentour, avec leur nature profonde, peut-être aussi avec les lointains Amérindiens.

Ils correspondent à leur chemin de vie, les reliant au visible et à l'invisible, au monde des énergies, aux fondamentaux. Aux sons-source !
Cette musique leur donne le tempo de la vie et libère les émotions qui aimeraient aussi danser.

Ils les ont fabriqués eux-mêmes, quand ils étaient prêts à les créer, à quelques années d'intervalle. Bois de hêtre et peau de cerf pour Joël, thuya et peau de bouquetin pour Marie.

Ainsi puisse notre amitié faire écho et résonner de Verbier au versant opposé.

Marie Azzalini Hiroz
Joël Hiroz

Sur les blocs d'escalade, petits chaussons aux pieds

Une cloison dans une maison d'étudiants les séparait.
Une paroi verticale les a réunis.

Justine, étudiante en pédopsychiatrie à Manchester, s'était donné un but en arrivant en Angleterre : progresser en escalade.

Connor, étudiant en master de psychologie, passionné d'alpinisme, proposa à la jeune Suisse les murs de grimpe de la ville.

Sur les blocs d'escalade, petits chaussons aux pieds, ils firent leurs premiers pas d'une relation dans l'instant. Mais le coronavirus, qui les sépara, confirma que leurs cœurs s'étaient déjà engagés dans une voie plus vertigineuse et plus longue !

Pour la suite du confinement, elle revint s'enfermer avec lui à Manchester.
Une preuve d'amour pour Connor.
Au son des musiques de *Way of Life in the Nature*, leur cordée solide parcourt les sentiers du monde, chacun finissant ses études.

Puissions-nous toujours nous encorder avec eux, car ils savent aussi soigner les corps et les cœurs des humains.

Justine Hiroz
Connor Dowthwaite

BLACK

L'Encre de tes yeux, cette mélodie

L'encre de tes yeux, la mélodie de Francis Cabrel, conte un amour impossible.

Ensemble, ils ont inventé d'autres couplets à cette chanson, surpassant les harmonies contraires des jugements. Leurs cœurs de courage ont ancré, avec cette plume des rêveurs ou des planeurs des Alpes, leur désir d'aimer.

Au fond de la vallée, à pas feutrés, ils glanent leur amour de la nature, au fil des images. Et dans les plis secrets des montagnes et des cieux, ils s'émerveillent d'un vol de gypaète barbu ou du regard d'un lagopède alpin.

Alors l'émotion les étreint à nouveau à chaque note, ils sont enfin libres désormais du regard des autres.

Une armure s'est envolée des épaules de Dada, qui a revêtu une pointe de légèreté tandis que Lorianne ose ce sourire rayonnant de sa discrète et tendre personne.

Puissions-nous continuer à partager avec eux au fond de la vallée ces bivouacs majestueux pour entendre les cerfs en rut et chanter ensemble *L'encre de tes yeux*.

Lorianne Maret
Dada Oreiller

Ce Jack marron, notre cordon ombilical

« Ce Jack marron, notre cordon ombilical. La liane entre Tarzan et Jane », lance-t-il.

Pour Julie, la chanteuse, et le guitariste Thibault, il fallait le courant électrique idéal, le raccord parfait.

Pendant un an, accoudé au bar, Thibault, persévérant, vint écouter chanter la belle à ses concerts de Montmartre.
Puis ce fut au tour de Julie d'entendre la guitare de Thibault, au son jazzy, résonner chaque samedi soir au Chat noir.

« Le Jack, c'est ça : il y a un mâle et une femelle. On plugge ! On dé-plugge !
On re-plugge, on re-dé-plugge. C'est l'art de plugger ! »

Non, ce régisseur de cinéma ne l'a pas attrapée au lasso !
Mais son autodérision et l'art de la faire rire ont séduit l'institutrice solitaire et indépendante, créatrice de bijoux et d'autres merveilles.

Puissions-nous continuer de rire comme des fous avec ces Rabelaisiens au son de leur musique.

Julie Poulain
Thibault Leclercq

Cette vieille dame en métal

Elle pourrait les tenir, lui et leur objet commun tout entiers, tant ils s'aiment.

Elle dit «sa casserole à Lui maintenant!».

Cette vieille dame en métal, que Sylvette reçut de sa grand-mère niçoise, en a vu passer des kilomètres de spaghettis jusqu'à Verbier.

Serge, originaire des Grisons, s'est approprié ce vieux faitout aux poignées déglinguées, qui représente leur passion commune: celle de nourrir et de partager sans chichi, avec la spontanéité qui leur est propre.
Pour faire les pâtes, il faut du vécu!

Elle aimerait qu'il la répare. Lui s'en moque, il aime ce fétiche d'un autre siècle, d'un autre millénaire pourrait-on dire. Comme il aime les gens, sans jugement.

Les enfants nous avaient réunis, puissions-nous continuer de partager éternellement ce plat et bien d'autres moments.

Sylvette Albertini
Serge Albertini

Le pavé est rebelle

Bernard avait aperçu Katy au milieu de la foule dans la rue pavée de la ville. Dans cette vie d'avant, elle aussi avait croisé son regard bienveillant sous ses masques de comédien qui anime le Teatro Comico de Sion.

Lui, l'homme de théâtre pétillant mais discret, aime les pierres taillées par la main de l'homme. Un soir, des anciens pavés, où de nombreux pieds ont laissé leurs empreintes invisibles, étaient abandonnés sur le trottoir. Il les apporta chez lui, guidé par l'intuition que la main de Katy en ferait un jardin de pierres.

Elle avait aussi cette passion étrange de les repérer comme celui de Florence aux ocres éclatants. «Parfois le pavé est rebelle, laissant vivre entre eux une herbe joyeuse», dit-elle avec un regard malicieux.

Au temps de la pandémie, quelques pavés entre l'amitié et l'amour les avaient unis pour déclamer ensemble «Sous le pavé, la plage».

Le Teatro Comico nous avait réunis, puissions-nous encore ajouter un pavé à l'édifice théâtral.

Katy Grange
Bernard Sartoretti

Leur caméra tourne toujours

C'est au travers d'une caméra qu'Alain, producteur de films, découvrit Isabel.
« Ce n'était pas un flash, les flashs ne durent pas », affirme-t-il.

Travelling arrière sur leur vie.
Pendant ses études de mathématiques, Isabel vint comme modèle sur le film de pub d'Alain. Au dernier clap du tournage, le premier montage d'une vie se dessinait.

Touchée par l'enthousiasme d'Alain, qui levait le voile d'un monde magique, Isabel découvrit le métier du cinéma telle une vraie James Bond.

De la technique à l'artistique, il n'y avait qu'une bobine.
Après son premier court-métrage, qu'Alain produisit, vint le film *La contre-allée*.

Leur caméra tourne toujours, au son de l'éternel « Moteur ! » des cœurs engagés et filme en privé l'histoire de leur vie.
En parallèle, celles des télévisions nous content les fictions inventives d'Isabel.

Un festival de cinéma et un scénario nous avaient réunis, puissions-nous filmer encore et encore l'alchimie artistique de notre amitié.

Isabel Sebastian
Alain David

Mon cœur empli
d'amour pour toi
qui me rend
Grand

Ce coffret en noir et blanc

Tous deux comédiens, jouant un couple en rupture dans un film, l'envers du décor leur souffle alors un autre vent puissant, celui de la foudre amoureuse.

Mais de la Belgique à Paris, ils savent immédiatement l'un et l'autre reconnaître l'essentiel.

Pendant que Marie joue à Berlin, Mathieu crée ce coffret en noir et blanc dans lequel résonnent les battements de son « Cœur, empli de son amour qui le rend grand ! »

Entre les tournages et les pièces de théâtre à créer, ce totem unique et gothique marque la clé de voûte de leur histoire.
Tout autour, leur maison et le rire en diapason de leur petit garçon.

Un film de Pierre-Antoine nous avait réunis dans nos montagnes.
Marie jouait Othilie, 8 ans.

Puissions-nous tourner de nouveau ensemble et faire battre nos cœurs à l'unisson.

Marie Sambourg
Mathieu Lourdel

Une petite photo en noir et blanc

Une petite photo en noir et blanc dans un cadre modeste, où ce couple naissant, deux êtres nus main dans la main, découvre l'horizon il y a plus de quarante ans !

Patrick, mon frère aîné, et Nine, sa compagne, qui en un tour de passe-passe arrivent à nous faire croire qu'ils marchent sur l'eau, portés par leur amour.
Cela relève du miracle et de la magie des artistes plasticiens qu'ils sont.
Il faut bien de la foi pour être deux créateurs et transcender l'amour jusqu'à aujourd'hui.

Cette île grecque d'Ios, dont notre maman avait transmis à mon frère le désir de la découvrir, devint le lieu fondateur de leurs rêves d'artistes et de rencontres d'amitié.

Là s'inscrivirent au fil des ans le premier voyage de leurs enfants, la source d'inspiration des peintures de Patrick et des personnages mythologiques des sculptures de Nine.

Puissions-nous un jour revenir ensemble à Ios et dire merci, *efcharistó*, à la vie, à notre fratrie et à nos créations.

Patrick Rocard
Nine Geslin

Cette sangle de tissu

Cette sangle de tissu brodée de vert et de rouge, ramenée du Kirghizistan, entoure et maintient leur yourte debout.
Elle fut la clef de voûte pour réaliser leur rêve de vivre dans ce ventre-cocon sur la terre valaisanne de Fabien.

Les embûches furent nombreuses mais permirent de confirmer la complémentarité et le courage de leur couple !
La maison ronde fédéra les rencontres entre les familles, italienne de Genny, suisse de Fabien, et tous leurs amis qui aidèrent à sa construction.

Ils vivent ainsi avec leurs enfants au plus proche de la nature dans une même pièce, se nourrissant et se chauffant au feu de bois au rythme de pratiques ancestrales.

Ces voyageurs de l'immobile portent en eux le sentiment d'être nomades, aimant toujours tisser du lien comme dans leur travail.
Lui, aux affaires sociales. Elle, psychologue auprès des migrants.

Puissions-nous tresser encore et encore nos liens d'amitié.

Genny Dalsasso
Fabien Métrailler

Danielle & Olivier Föllmi
Offrandes
365 PENSÉES DE MAÎTRES BOUDDHISTES

Ils sont à eux seuls le concept même du livre *Offrandes*

Entre leurs mains, posé en partage, le livre *Offrandes*, d'Olivier Föllmi.
Une image et une pensée pour chaque jour pendant une année.
Ils l'ont offert à leur tante Manon, qui s'en est allée.

Le livre est de retour dans leur chalet, ils l'ouvrent chaque matin.
Joli moment quand ils lisent la phrase du jour et découvrent la photo.
Toute la beauté et la simplicité du monde en quelques mots et une image.

Parfois, ils en rient ensemble : « Celle-là, elle est pour toi ! »
Sans jamais rester endormis sur une phrase ou un proverbe, ils aiment débattre.

Ils tournent chaque matin ces pages de la vie pour ne pas oublier l'essentiel : un rappel à la simplicité et au partage.
Recevoir ces phrases, les transmettre mais avant tout les mettre en pratique.
Pour notre amitié, ils sont à eux seuls le concept même du livre *Offrandes*.

Puissions-nous toujours trinquer à l'amitié avec le vin de Philippe et déguster les gâteaux de Caroline.

Caroline Morend
Philippe Morend

Mettre leur pendule à l'heure

Bien qu'ils se connaissent depuis l'adolescence, il leur a fallu quelques décennies pour mettre leur pendule à l'heure.

Mike court toujours après le temps, aussi bien dans son bolide de rallye que pour cuire les merveilles de son magasin Clovis.
En accord avec son chronomètre, il savait depuis toujours que Séverine, qui a l'art de prendre son temps, serait la mère de ses enfants.

Grâce à son incroyable persévérance, il apprivoisa la jeune femme en lui proposant un temps partiel dans sa boutique.
«Travailler ensemble, c'était passer du temps avec elle!»

Leurs fuseaux horaires trouvèrent midi à leur porte et leur horloge s'accorda enfin.
«Avec lui, la sensation parfaite d'être à la bonne place au bon moment!» dit-elle.

De l'amitié à l'amour, minuit sonna au rythme du petit Louka, dont les secondes sont des étoiles de présence immédiate.

Les liens familiaux nous unissent, puissions-nous prendre le temps de nous émerveiller du moment présent avec eux.

Séverine Marquis
Mike Coppens

Rénovation thermique
Grand bordel et grosses arnaques
Marianne

L'hebdomadaire *Marianne*

Des bâtisseurs de l'autre côté de l'océan.

Véronique, installée en Guadeloupe comme architecte novatrice, s'est construite toute seule dans cet univers masculin, dirigeant les chantiers de ses créations ainsi que les maîtres d'œuvre et les ouvriers.

Avec un sens de l'empathie, celle qui bâtit sur la durée des liens de fidélité, tout aussi solides que ses maisons ou ses écoles, porta un soir un autre regard sur cet ingénieur, spécialisé dans les énergies renouvelables.

Mais pour Philippe, une femme en haut de la pyramide du bâtiment était forcément une femme de droite !
Heureusement l'hebdomadaire *Marianne*, engagé à gauche à l'époque, posé sur une table chez Véronique, l'enchanta et fit fondre ses préjugés et sa timidité. Ils construisirent leur architecture amoureuse sur ces fondations aux valeurs humanistes !

Assises toutes les deux dans nos landaus poussés par nos mamans, nous ne savions pas que notre amitié, charpentée dès notre naissance, nous habiterait éternellement.

Véronique Bigeard
Philippe Bleuzé

PETER
CAFE

Ce petit ficus

Ce petit ficus vert aux racines bien ancrées, nommé Francus, que Kim-Lan a reçu d'un ami : un bout de confiance pour franchir le pas, au moment où elle quittait Paris pour venir vivre avec Loys en Bretagne, entre mer et terre, entre maison et voilier.

Lui, l'architecte naval, invente des navires qui respectent au mieux la planète.
Elle, pharmacienne, adepte des produits naturels.

Ainsi leur amour a pris racine pour voguer autour du monde avec Francus à leurs côtés.
Cet éclat de verdure dans tout ce bleu de l'océan.
Joli symbole de leur philosophie de vie, de leur désir d'être en harmonie avec la nature.

Leur bateau, ce nid hors du temps, celui de l'essentiel, est prêt maintenant à recevoir leur petit d'homme et leur volonté commune de lui proposer un monde meilleur en sachant vivre heureux avec le minimum.

Malgré la différence de génération, puissions-nous naviguer dans ce même temps de l'essentiel, sous les vents de notre amitié.

Kim-Lan Dao
Loys Leclercq

MILCH

Cette plaque de chocolat

Lucien, dit Lulu, le prince du rocher et de toutes les voies d'escalade qu'il a ouvertes en Suisse et ailleurs, vit à la verticale de la pierre, ses grandes mains sur tous les cailloux du monde.

Cet homme de miel a offert son cœur à Pascale, femme de caractère tendre et solide comme un nougat de Montélimar.
Sa baroudeuse l'a entraîné sur la planète dans une vie de nomade avec leur antique minibus.

Ils sont la gourmandise incarnée, la sensualité au quotidien. Ils savent bien que le sucre est maudit pour les articulations des grimpeurs, mais le plaisir avant tout.

Cette plaque de chocolat dessine leur art de vivre, sans attachement au matériel.
Ils dégustent chaque instant, vivant juste avec leurs cœurs de sucre en bandoulière.
Le carton d'invitation n'est pas de mise avec eux, ils sont la spontanéité même au fil de leurs envies, mais quand on a besoin d'eux, ils sont là.

Puissions-nous toujours partager le miel et le sel de la vie avec nos amis de l'improviste.

Pascale Dalla-Zuanna
Lucien Abbet

Sticks peints sublimant sa beauté

Lors d'un cours par « Zoom » dans le cadre de leur école de cinéma, Eliza remarqua tout de suite Mina, sa pertinence visuelle, son sens de l'analyse et son argumentation, sa faculté à proposer un autre angle avec une certaine assurance.
Très vite, ces réalisatrices en devenir échangèrent par textos et créations artistiques.

« J'ai mis un certain temps pour comprendre qu'elle essayait de me faire la cour, dit Mina. Elle n'avait pas le physique de la jeune lesbienne lambda ! »

Mina cadre le monde avec un sens de la provocation et toujours une pointe d'élégance, quand elle accroche ses cheveux avec un stylo, geste de l'enfance.

Eliza, designer en animation, se mit à peindre les baguettes pour sushis pour colorer sa belle. « Mina est une jolie jeune fille qui porte mes sticks peints sublimant sa beauté. Son geste attendri mon cœur. »

Mon film *Chromosome plus* nous a réunies, puissions-nous animer notre amitié dans la vraie vie.

Eliza Ott
Mina Van De Velde

AN ACOUSTIC
SKUNK ANANSIE
LIVE IN LONDON

Si les mots de cette chanson ouvraient les cœurs à l'abandon ?

Au son d'une guitare acoustique, la chanteuse de Skunk Anansie, messagère musicale de Frank, atteignait le cœur de Bénédicte comme un uppercut de bonheur.

Et si les mots de cette chanson, à l'aube des sentiments, ouvraient les cœurs à l'abandon ?
Dans la nuit, Frank fredonne à nouveau : «*You do something to me*.»
«Tu me fais quelque chose, quelque chose de très profond.»

Alors, suspendue au fil des notes, Bénédicte, allongée sur les berges du lac Léman, écoute en boucle son cœur en 33 tours et coupe les amarres de ses dernières défenses, submergée par l'émotion.
Ce n'est pas l'actrice qui s'émeut, mais la femme qui résonne de ce nouveau bonheur.

Harmonisant les chassés-croisés des vies précédentes, le tempo de leur courage se met au diapason des changements de destinée sur mesure !

Le théâtre nous avait réunis, la musique les a unis.

Puissent nos métiers d'artistes nous réunir à nouveau pour créer «quelque chose de très profond».

Bénédicte Lafond
Frank Dunand

Dans le petit bus
chaque matin, chaque soir

Sarah, l'indépendante Française au caractère bien trempé, s'envola vers la Nouvelle-Zélande qui l'appelait pour une saison de ski.

Un petit matin de juin, encore embrumée de nuit après douze heures de décalage horaire, elle monta dans le bus qui l'emmenait vers sa passion, enseigner le ski à la station de Cardrona. Elle ne connaissait personne.

Comme elle, Veikko monta dans le bus. Il la vit tout de suite : « *Definitely interested !* »
Du Canada jusqu'en Nouvelle-Zélande, ce skieur invétéré enchaînait les hivers.

Ce fut la première personne à qui elle parla. « Vé… Quoi ? Veikko ? Curieux prénom », se dit-elle. Mais rapidement elle savoura ce prénom finlandais du cercle arctique.

Dans le petit bus, chaque matin, chaque soir, Veikko tout en regard séduisant et discret, venait s'asseoir à ses côtés. À la fin de la saison, ils explorèrent en minibus cette île sauvage, puis finalement installèrent leur base dans les Alpes.

Puissions-nous encore partager de nombreux hivers avec eux.

Sarah Viot
Veikko Eskonen

Leur tableau, tel un blason

La dynamique de la communication les habite. Une force de travail les unit.
Quarante ans plus tard, cette indicible attirance des contraires les enveloppe toujours.

Leur tableau, tel un blason porté en étendard.

Cette peinture de Maria Personnaz, l'amie de jeunesse, conte les liens de fidélité en amitié. Les citrons et les tomates nous chantent les tapas de l'Espagne de Victoria.
Ces fleurs d'imprimés asiatiques illustrent leur passion du voyage depuis leur rencontre jusqu'à aujourd'hui.
« En route, tu vois la vérité des gens », dit Gilles.

« Travailler, étudier et croire en soi » : cette devise de Victoria, fille d'immigrés, toucha le cœur de Gilles, Franco-Suisse d'éducation bourgeoise.
Sans cette force motrice à ses côtés, sa carrière n'aurait pas été aussi réussie.

« Victoria est indestructible ! » dit-il avec tendresse.
« Il m'a donné les codes d'un autre biotope, cela vivifie ! » sourit-elle.

Puissions-nous être toujours aussi vivifiés par leur amitié.

Victoria Marchand
Gilles Marchand

Le point clef de leur histoire

Pendant leurs années scolaires, ils ouvrirent leurs casiers d'écolier l'un à côté de l'autre.

«Sophie était sauvage, je n'avais pas le temps de lui dire bonjour. Elle prenait toujours la clef des champs», dit Tanguy avec son sourire charmeur.
Mais bien plus tard, ce fut la jeune étudiante au caractère désormais bien affirmé qui lui offrit le point clef de leur histoire.

Les portes de la vie s'ouvraient devant eux, tout aussi bien dans leur travail.
Lui comme physiothérapeute et Elle comme enseignante spécialisée dans l'univers du handicap, avec en main une clef de guérison pour les autres.

Ce petit bout de fer, élément clef de leur amour et symbole de partage, est toujours prêt à trouver des solutions, même pour les serrures les plus secrètes.

Dès lors, la clef de leur maison est toujours accessible à tous leurs amis pour leur offrir gîte et couvert même en leur absence.

Leur fidélité en amitié est bien la clef de la longévité !
Puissions-nous leur offrir la nôtre encore et encore.

Sophie Zufferey
Tanguy Zufferey

MAMMUT

Sur les sentiers du monde, leurs chaussures de montagne

Le décès d'un ami commun les avait réunis.
Ainsi, un mariage peut éclore d'un enterrement.
Lui, le médecin d'expédition et de la Maison du sauvetage.
Elle, dans le social au rythme de son cor des Alpes.

L'altruisme en leur cœur et leurs chaussures de montagne aux pieds, ils cheminent sur les sentiers du monde, ivres de curiosité pour les autres et pour la nature, du Groenland à la Bretagne ou aux sommets valaisans.

Ils n'aiment pas être en vacances. Ils aiment leurs corps en mouvement.
La marche ouvre au dialogue, ils en aiment la qualité des échanges.

Doris remercie pour le chemin parcouru, surmontant les épreuves avec la même foi en leur amour.
« Les coups durs sont là pour vérifier la qualité de la colle ! Doris m'a solidifié, elle a le sens de la bienveillance », dit Jean-Pierre avec son humour anglais qui l'inspire et la fait toujours rire.
« Il est aussi mon meilleur ami ! », réplique-t-elle avec son œil admiratif.

Puissions-nous être toujours aussi bienveillants et curieux du monde ensemble.

Doris Stierlin-Deslarzes
Jean-Pierre Deslarzes

Sur toutes les planches folles

L'accélérateur de particules du CERN propulsa une vague déferlante de molécules d'amour sur ce couple aux cerveaux vifs en quête du boson de Higgs.

Et si une virée en surf proposée par Yann, ingénieur mécanique français, à Vera, physicienne russe, allait offrir à ces observateurs observés par leurs cœurs en émoi une découverte plus que métaphysique.

Tandis que les fragments de l'univers s'éternisaient en boucle dans les tunnels si profonds de la recherche, ils découvrirent l'aventure amoureuse sur toutes les planches folles : sur la mer, sur la neige et dans les airs.

Joli tremplin bien réel pour s'envoler au paradis afin que toutes leurs particules élémentaires surfent sur les plus belles vagues du bonheur.

Puissions-nous toujours les tracter avec nos liens d'amitié sur les océans du monde.

Véra Chetvertkova
Yann Leclercq

Drap de lin qui les lie en un lien pour le lit

Drap de lin qui les lie en un lien pour le lit.
Ce raffinement du quotidien a l'élégance de l'ordinaire.

Dès que l'un arrive chez l'autre, les draps de lin, parfumés de soleil, honorent leurs retrouvailles. Tel un rituel, cette étoffe de tendresse, qui appelle à la sensualité, caresse leur amour de délicatesse.

Ils les étendent sur leur lit. En rideaux, les pendent aux fenêtres et en nappe les déposent sur l'herbe.

La passion de Bruno, photographe, de collectionner ces draps anciens chinés dans les brocantes, toucha le cœur de Laure.
« Je me suis prise au jeu de cette collection », dit-elle en riant.

Depuis vingt ans, elle se demandait d'où lui venait cette frénésie d'acheter ces linges du passé. Sans doute le souvenir de l'enfance, au moment du sommeil dans l'enveloppement soyeux de la nuit.
« C'est moins cher qu'une séance de psy ! » souligne-t-il avec humour.

À l'adolescence, la photographie nous avait réunis, puissions-nous encore entourer notre amitié d'un fil de tendresse.

Laure Jakobiak
Bruno Suet

Le Grand Combin

Toute leur enfance, ils ont contemplé le Grand Combin : côté suisse pour Delphine, côté italien pour Giuseppe.
Ce massif alpin majestueux trace les frontières, mais unit les cœurs.

Avant de croiser leurs destins, d'être prêts pour l'évidence, ils parcoururent un chemin vers soi et vers les autres sur des continents opposés.

« Pour rencontrer Delphine, il fallait être à la hauteur. »
Ainsi l'architecte construisait sa vie future en recevant des enseignements de yoga en Inde.
Elle, rayon de soleil, tournée vers les autres dans le social, cheminait vers la médecine des plantes et le chamanisme tout en découvrant l'Amérique du Sud.

De tendres intentions comme des papillons volèrent vers l'univers et le virtuel.
Cupidon, geek désormais, répondit présent.
Leurs cœurs ont matché et leur rêve de créer le yoga des plantes s'est réalisé.

Puissions-nous gravir ensemble cette montagne, au rythme des gestes yogiques de Giuseppe, tout en cueillant les plantes enseignées par Delphine.

Delphine Morend
Giuseppe Palmadessa

BASTIA
dicenu a soia

Le goût des belles villes, Toulouse, Bastia

Dans sa jeunesse, Christophe quitta son île pour étudier à Toulouse. Il ne s'attendait pas à trouver la femme de sa vie, étudiante elle aussi.

Le goût des belles villes : Toulouse, la ville rose, ou Bastia aux multiples couleurs, leur donna l'envie d'être audacieux pour vivre à Verbier dans nos montagnes irisées de blanc.

Christophe, Corse tout en élégance, devenu spécialiste du cassoulet, laissa sa douce Isabelle, la Toulousaine, choisir ce livre symbole qui conte la ville de son enfance insulaire.

Elle venait de découvrir leur cocon magique pour vivre leur retour aux sources près de Bastia. Un lieu comme un bateau sur la Méditerranée, où leur bonheur peut naviguer vers l'horizon, un lieu où l'inspiration nous fut offerte pour écrire notre film.

Des valeurs communes et le goût de servir les autres nous avaient réunis. Puissions-nous partager à nouveau nos villes d'ici et d'ailleurs et nous attabler autour de leur cassoulet divin.

Isabelle Sempéré
Christophe Sempéré

Cette statue de Milarépa

Entre leurs mains rayonne cette statue de Milarépa, le grand maître et poète du bouddhisme tibétain, façonnée par les orfèvres fondeurs dans la vallée de Katmandou. Symbolisant leur rencontre amoureuse dans l'Himalaya, leurs multiples voyages, le lieu de la conception de leur fille aînée.
Ils y ont inscrit l'amour, la beauté, le travail avec «Horizons nouveaux», l'agence de voyages de Nicolas.

Et cet amour qui naît dans ces montagnes aux neiges éternelles a nourri leur passion commune pour la culture tibétaine bouddhiste.

Dans leur chalet de Sarreyer, une chambre nommée Shell-Kang en tibétain accueille cette statue et tous leurs objets du lointain.
Cette chambre, où un autre horizon se dessine, sera bientôt habitée par une de leurs filles. Comme le dit la tradition bouddhiste : «Tout se transforme ! »

Puisse notre amitié continuer à être en mouvement, comme un mandala de sable coloré avec ces épicuriens et ne jamais se figer.

Martine Jaques-Dufour
Nicolas Jaques

Le baume du tigre eut bon dos

C'est un petit pot de crème qui allait changer le cours de deux vies.
Cela aurait pu être une comédie de Feydeau, ce fut un conte de fées.
Après de longs mois de confinement, trois jours de fête à un mariage furent l'occasion de lâcher prise.

Thomas, chef pâtissier, fit un faux mouvement!
Margaux le sauva de ce mauvais pas avec son élixir miracle.

Le baume du tigre eut bon dos quand le lumbago immobilisa le jeune homme.
Cet onguent d'amour de la reine à la voix d'or, comédienne et chanteuse, envoûta le roi de la religieuse.

Les phéromones n'avaient qu'à bien se tenir face à l'huile essentielle de camphre, mais les sens s'emballèrent et nos deux héros repartirent du mariage bien chamboulés.

L'affaire, loin d'être dans le sac, prit du temps pour se concrétiser avec des allers et retours entre le Nord et Paris. Mais le saut eut lieu : Thomas s'installa à Paris avec Margaux.

Guérissons nos corps et nos cœurs, avec les baumes miracles que sont l'amitié et l'amour.

Margaux Maillet
Thomas Thiebaux

L’ours s’est imposé

L’ours s’est imposé de lui-même.
Depuis l’aube de leur histoire, l’esprit de cet animal a toujours été à leurs côtés.
Dans leur ciel étoilé, où les constellations de la Grande et de la Petite Ourse leur dessinaient un destin commun, leurs souvenirs amérindiens ont plané dans leurs rêves et dans leurs univers parallèles.

L’ours leur ressemble : Elle, la vivacité ; Lui, la force tranquille.
Barbara appelle Alain-Yan « Ours » dans toutes les langues.
Lui la nomme « Oursette ».

Celui-ci s’appelle Arthur. Une création artistique unique que Barbara aperçut un soir dans la vitrine d’une galerie de la ville de Genève.
Il dormait, mais il les attendait. Au petit matin, Alain-Yan le ramena dans leur maison.
Il veille encore les yeux fermés sur leur amour.

Alain-Yan, qui manie la plume et le virtuel avec brio, dessina sur leur faire-part de mariage « Les Bears se marient », suivirent alors de nombreux ours !

Loin d’être des ours solitaires, puissions-nous être accompagnés par l’esprit d’Arthur.

Barbara Mohr
Alain-Yan Mohr

Ce cahier d'écolier

À l'âge des premiers émois, ce cahier d'écolier dévoila sa carte du Tendre.

Chaque semaine les mots de l'un, les billets doux de l'autre.
De cet échange épistolaire, entre deux adolescents éloignés l'un de l'autre, naîtra une complicité à vie riche de rires, d'humour et de poésie.

Même au temps de leur séparation, qui durera dix ans, ils n'ont jamais vogué sur les pages blanches de l'indifférence.
« Peut-être la nostalgie du premier amour », souffle Sarah.
« Bien que ce soit moi qui suis parti, je n'ai jamais pu me détacher d'elle », ajoute François dans un éclat de rire.

Ils écrivirent page après page la suite de leur histoire avec une connexion évidente, associant leurs forces contraires. Elle, bien enracinée, et Lui, l'intuition communicative.
Le cahier révéla ainsi à Sarah la demande en mariage de François.

« Évasion Sports », le magasin de François qui met l'humain à l'honneur, nous avait réunis.
Puissions-nous être connectés et chercher ensemble le meilleur de nous-mêmes.

Sarah Roux
François Roux

Votre récolte sera belle...
si vous semez les graines
des acheteurs difficiles

Cette réclame vintage

«S'aimer comme on cultive son jardin» pourrait être leur devise.
L'un et l'autre adoraient l'idée de vivre près de la place d'un marché où la vie fleurit.
Celui de la place d'Aligre accueillit leur amour.

«Le monde des graines» les poussa à reprendre la plus ancienne graineterie de Paris, à s'engager pour les anciennes semences et à faire éclore une famille.

«La graine, c'est la vie, passionnante et variée», dit Sophie qui china sur la brocante du marché cette réclame vintage. Portant ainsi leur enseigne comme ils sèment la joie, ils prirent racine en Croatie pour devenir des producteurs d'huile d'olive.

Philippe, cadreur sur les tournages, quitta le cinéma pour s'enraciner dans l'univers de la graine. «S'occuper d'oliviers, qui nous offrent leurs fruits, nous rend heureux. Avec une tendre pensée pour tous ceux qui les ont taillés avant nous», précise-t-il avec humilité.

Le désert nous avait réunis, puissions-nous toujours cultiver la graine de l'amitié entre nous.

Sophie Monti
Philippe Letteron

La droiture de cette ligne de ski

La main de Nicolas le tient fermement, ce fil rouge de leur amour, enfin, plus solide : un ski. Ce fut central dans leur vie.

Au commencement était l'accident de ski d'un jeune étudiant strasbourgeois, étant allé slalomer dans les Vosges. Dans l'impossibilité de conduire avec son bras plâtré, Nicolas se rendit à l'arrêt de bus, où attendait la belle Catherine, étudiante elle aussi, en pharmacie.

Et là, coup de foudre et jolis sourires de la jeune femme qui prétendait être une grande skieuse ! Après leur mariage, la passion du ski allait les emmener loin de leur Alsace et de leur grande ville. Ils s'installèrent à Verbier, revenant ainsi aux sources d'un ancêtre Suisse, et dévalèrent les pentes avec leurs quatre petits skieurs.

Leur enthousiasme, leur vivacité, leurs conseils bienveillants et leurs sourires rassurants ont la droiture de cette ligne de ski.

Puisse notre amitié glisser sur le chemin de la vie sans jamais casser.

Catherine Riethmann
Nicolas Riethmann

Le langage koala

C'est sur une île des Philippines, sur un tournage de cinéma, qu'ils se sont rencontrés. Depuis ils se parlent en koala, leur langage d'amour, de tendresse et de bienveillance. Tout comme ce doux animal, tout en rondeur et très tactile, ils sont sociables sans jamais imposer à l'autre une obligation. Alors chaque moment choisi ensemble devient un régal de douceur et de complicité.

«Éric est généreux, loyal et respectueux de mon passé», dit Stéphanie, la pétillante assistante de réalisation et reine de l'art postal à son koala.
«C'est aussi une très belle femme, n'est-ce pas?» dit ce chef opérateur avec pudeur.

Et si la distance des tournages de films les sépare, ils s'envoient des émoticônes de koalas comme d'autres s'enverraient des cœurs.

Le théâtre, à notre adolescence, nous avait réunies.
Puissions-nous continuer à partager notre passion artistique entre cinéma et théâtre.

Stéphanie Seilhean
Éric Guichard

Fabcaro
Et si l'amour
c'était aimer ?

L’âme de leur histoire se trace en bande dessinée

«Et si l’amour, c’était aimer?» Texte de non-sens pour rire de l’absurde.
L’âme de leur histoire se trace en bande dessinée.
Une des formes d’art qui les a unis, découvrant ainsi une passion commune.

Celle-ci fut la première BD que ces scientifiques rationnels ont lue ensemble.
Lou faisait les voix féminines, Pierre les voix masculines.

Cet ingénieur de haut vol adore dialoguer avec sa docteure en chimie qui aime, tout comme lui, l’art du second degré.

Lors de leur premier voyage, Pierre emmena Lou en haut du plus beau temple cambodgien. Il lui déclama, genou à terre, sa demande en mariage.
Lou pensa à un trait d’humour ou au virus de la dengue que Pierre avait contracté.
Mais pour une fois le premier degré était au rendez-vous!

Alors inspirés du dessin décalé de Fabcaro, ils créèrent leur faire-part et appliquèrent le titre de cet objet totem à la lettre.

Puissions-nous encore et encore rire du non-sens de la vie tout en donnant du sens à nos vies!

Lou Rocard
Pierre Couderc

SCOTLAND
EDINBURGH
ROUTE
66

Circulons, il y a tant à voir !

La moto les guida depuis leur adolescence en Haute-Savoie, chacun sur son destrier de fer.
Lui, l'imposante force tranquille. Elle, sa puissance d'action et son verbe fleuri.
« Circulons, il y a tant à voir ! »

À la croisée des destinées, Muriel, joviale et avenante, devenue productrice de films, et Willy, décorateur sur les tournages, ne formeront désormais plus qu'un sur leur grosse cylindrée.

« À moto, tu remets ta vie entre les mains du pilote, dit-elle, je suis dans la confiance totale, il est l'attention même, c'est un cœur bon. »

Tous les deux, curieux de la vie, tracent sur tous les bitumes du monde, aimant sentir le vent de liberté et découvrir des humains aussi variés que les paysages traversés, reliés d'un casque à l'autre par un micro pour partager ensemble l'évasion !

De nombreux films nous avaient réunis, puisse notre amitié avoir toujours la puissance et la folie d'un road movie.

Muriel Paradis
Willy Le Bihan

Ce globe qui représente Vénus

Il y a des amoureux qui se découvrent au coucher du Soleil.

Il y a Francis, astrophysicien, qui offre à Claudie un lever de Lune avec sa lunette astronomique. Il parle le langage du ciel, des étoiles et des planètes, de Mars et de Vénus, la plus lumineuse qui leur sourit déjà.
Les astres sont au rendez-vous.

La pétillance intellectuelle et la patience de Francis séduisent Claudie, étoile après étoile. Elle, la photographe, lui raconte notre Terre, le cœur des humains avec ses photos et les multiples objets colorés qu'elle ramène des quatre coins du monde.

« Elle m'a donné le goût de la beauté, des belles choses qui révèlent des histoires », dit le scientifique, attendri.

Alors ce globe qui représente Vénus, cette ode à l'amour les illumine encore aujourd'hui. Ils l'enlacent délicatement et leurs cœurs s'éclairent de ce corps céleste incandescent.

Notre famille : les « Rock-Hard », un lien fort qui nous unit.

Puissions-nous cheminer ensemble sous des cieux étoilés.

Claudie Rocard-Laperrousaz
Francis Rocard

hugo
French

Hugo les aida à communiquer

Lui ne connaissait de l'anglais que : « Voulez-vous boire quelque chose ? »

Alors ce dictionnaire des années 80, acheté en *second hand*, fut le premier cadeau de la jeune Anglaise au professeur de ski et guide de pêche suisse.
Avec comme dédicace : « Pour Phoebe et Benoit, pour que nos conversations deviennent intelligentes. » Elle lui apprit l'anglais. Il lui apprit le ski.

Phoebe rejeta les traductions en ligne pour être dans le moment présent. Ainsi, *Hugo* les aida à communiquer en confiance et à gérer les séparations, dues aux études de Phoebe et aux métiers de Benoit, tributaires des saisons.

« Phoebe est le cerveau du couple, indique-t-il avec humour. Elle prépare un doctorat sur la gestion des cours d'eau. Moi, je pêche à la mouche ! Les rivières nous réunissent. »

La prochaine étape sera de trouver un pays où ils pratiqueront leurs métiers.
Peut-être le Canada, où la grande Nature est au rendez-vous.

Puissions-nous toujours communiquer avec les mots de l'amitié dans toutes les langues.

Phoebe King
Benoit Albertini

Remerciements

Au studio Bonnardot, spécialement à Jean-Michel Gonthier et Danny Gaillard, pour leur professionnalisme, leur patience et leur créativité.

À toute l'équipe des Éditions Slatkine.

À Camille Cottagnoud, pour ses conseils techniques précieux.

À Alain-Yan Mohr, qui réalise tous les flyers et affiches.

À tous les amis et à toute ma famille, qui m'ont fait confiance pour cette création.

Un immense merci à mon grand amour, Pierre-Antoine Hiroz, qui répond toujours à mes questions, à mes doutes et m'encourage à tout instant à améliorer mes créations.

Dans l'ordre de parution, à :

Pierre-Antoine Hiroz
Margaux Dailland et Swann Hatchi
Anne-Françoise Brillot et Bruno Podalydès
Fanny Monnet et Anthony Fournier
Boualem Senouci et Raymond Bourgoz
Donna et Alexandre Hellmann
Marie Azzalini Hiroz et Joël Hiroz
Justine Hiroz et Connor Dowthwaite
Lorianne Maret et Dada Oreiller
Julie Poulain et Thibault Leclercq
Sylvette et Serge Albertini

Katy Grange et Bernard Sartoretti
Isabel Sébastian et Alain David
Marie Sambourg et Mathieu Lourdel
Nine Geslin et Patrick Rocard
Genny Dalsasso et Fabien Métrailler
Caroline et Philippe Morend
Séverine Marquis et Mike Coppens
Véronique Bigeard et Philippe Bleuzé
Kim-Lan Dao et Loys Leclercq
Pascale Dalla-Zuanna et Lucien Abbet
Eliza Ott et Mina Van De Velde
Bénédicte Lafond et Frank Dunand
Sarah Viot et Veikko Eskonen
Victoria et Gilles Marchand
Sophie et Tanguy Zufferey
Doris Stierlin-Deslarzes et Jean-Pierre Deslarzes
Vera Chetvertkova et Yann Leclercq
Laure Jakobiak et Bruno Suet
Delphine Morend et Giuseppe Palmadessa
Isabelle et Christophe Sempéré
Martine Jaques-Dufour et Nicolas Jaques
Margaux Maillet et Thomas Thiebaux
Barbara et Alain-Yan Mohr
Sarah et François Roux
Sophie Monti et Philippe Letteron
Catherine et Nicolas Riethmann
Stéphanie Seilhean et Éric Guichard
Lou Rocard et Pierre Coudrec
Muriel Paradis et Willy Le Bihan
Claudie Rocard-Laperrousaz et Francis Rocard
Phoebe King et Benoit Albertini

Un merci tout particulier pour leur soutien financier à la Compagnie Entre Vous et Moi, à la commune de Val de Bagnes et à Jérôme Viellet. Et aussi à tous les donateurs : Raymond Bourgoz, Vanessa Ducrest, Lucien et Solange Besson, Francine et Patrick Messeiller, Les Amis de Verbier.

L'autrice

Pascale Rocard, artiste multiple franco-suisse, commence jeune en tant qu'actrice au théâtre et au cinéma :

L'Indic, *Police*, *Champ d'honneur*… et, à la télévision, *Sauvetage*…
Nominée et primée pour de nombreux rôles, elle a tourné plus de soixante films/cinéma et séries télé pour des productions françaises, suisses et internationales.
Elle a réalisé deux films, *Un océan de blé* et *La petite fille et la mort*, et a publié un roman, *Le Rêve du grain de sable,* dans la collection Éditions N°1, chez Calmann-Lévy. Elle partage sa vie entre Paris et la Suisse.
Avec sa compagnie théâtrale Entre Vous et Moi, elle a créé plusieurs spectacles sur des sujets délicats, tournés en Suisse et à l'étranger (Belgique-USA-Canada-France) : *Les îles flottantes*, *Le voyage d'Eugénie*, *Inventaires*, *Chromosome plus*, *Jamais sans Lui mais tout sur mammaire !*
Elle a produit des documentaires et des fictions avec sa société Espace Production et vient de coréaliser avec Gil Valéry le film *Chromosome Plus ou l'Éloge de la différence*, présenté dans les festivals en 2025.
En 2019, Pascale monte sa première exposition en Suisse, au Musée de Bagnes et au festival de la correspondance Lettres de Soie, à Mase.
L'objet de votre Amour est sa nouvelle création photographique.

www.pascalerocard.com

Photo : Gilles Vuissoz

Table des matières